Luzes da Ribalta

Calvero (Charles Chaplin) cuida da bailarina Thereza (Claire Bloom) após ela ter tentado o suicídio

FOLHA DE S.PAULO

COLEÇÃO FOLHA CHARLES CHAPLIN © 2012, Folha da Manhã S.A.

Organização e Coordenação Geral do Projeto
Folha de S.Paulo
Diretoria Executiva de Circulação

Organização da Coleção
Cássio Starling Carlos

Textos
Cássio Starling Carlos, Júlio Medaglia e Pedro Maciel Guimarães

Pesquisa
Pedro Maciel Guimarães

Edição
Cássio Starling Carlos e Carlos Tranjan

Projeto Gráfico de Capa, Miolo e DVD
Erika Tani Azuma e Rodrigo Disperati – Collecta Estúdio

Pesquisa Iconográfica
Fernando Brito e Roberta Fabruzzi – Versátil Home Video

Produção Editorial
Editora Página Viva

Assistência de Edição
Tácia Soares

Diagramação
José Rodolfo Arantes de Seixas

Revisão
Pedro Ribeiro

Fotos
Divulgação

ISBN 978-85-8193-004-6
(Coleção **Folha** Charles Chaplin)

ISBN 978-85-8193-014-5
(Luzes da Ribalta – volume 10)

Impresso no Brasil pela Pancrom

DADOS INTERNACIONAIS DE CATALOGAÇÃO NA PUBLICAÇÃO (CIP)

C284L Carlos, Cássio Starling, 1964-.
Luzes da ribalta / Cássio Starling Carlos, Pedro Maciel Guimarães e Júlio Medaglia Filho. – 1. ed. – São Paulo : Folha de S.Paulo, 2012.
64 p. : il. ; 20 cm. – (Coleção Folha Charles Chaplin ; v. 10)

Acompanha 1 DVD.

ISBN 978-85-8193-004-6 (coleção completa). –
ISBN 978-85-8193-014-5 (volume 10)

1. Limelight (Filme). 2. Chaplin, Charlie, 1889-1977. I. Guimarães, Pedro Maciel, 1975-. II. Medaglia Filho, Júlio, 1938-. III. Título. IV. Série.

CDD – 791.4372

Ficha catalográfica elaborada pela bibliotecária Lioara Mandoju CRB-7 5331

COLEÇÃO FOLHA
CHARLES CHAPLIN

Luzes da Ribalta

FOLHA DE S.PAULO

Terry e Calvero nos bastidores do teatro

Sumário

Ela se recupera, triunfa e consegue um espaço para que ele retorne ao mundo do espetáculo.

Um velho palhaço que perdeu a graça ajuda uma jovem bailarina doente que não pode mais dançar.

Claire Bloom e Nigel Bruce
em cena de "Luzes da Ribalta"

Obra oferece tributo à arte e à vida

"A própria face de Chaplin, menos o bigode", anunciavam os cartazes nos jornais americanos às vésperas do lançamento de "Luzes da Ribalta". A utilização das experiências vividas era, desde cedo, um recurso tão recorrente na obra de Chaplin que definir "Luzes da Ribalta" como um trabalho autobiográfico pode parecer redundante. O volume de referências pessoais, porém, é tanto que se torna impossível desprezá-lo.

O aspecto memorialístico do filme se justifica mais ainda pela natureza do projeto. Como Chaplin disse seguidas vezes à família, "Luzes da Ribalta" seria seu último (e melhor) filme. Ele estava com quase 60 anos quando começou a trabalhar na história. Estava também cada vez mais desiludido com a vida nos Estados Unidos, devido às perseguições políticas por acusações de pró-comunismo, que se intensificaram com o fim da Segunda Guerra e a emergência da Guerra Fria.

Calvero reencontra o antigo empresário e o jovem compositor

O drama de Calvero, portanto, recusado pelo público e tratado como antiguidade sem importância, reflete o estado de espírito do próprio Chaplin, após a gélida recepção a "Monsieur Verdoux" *(vol. 12 da Coleção Folha Charles Chaplin)*.

Outra semelhança evidente entre experiências do ator-diretor e do personagem está na relação com uma mulher muito mais jovem. Após as uniões breves e malsucedidas com as adolescentes Mildred Harris e Lita Grey, Chaplin estava casado, desde 1943, com Oona, 36 anos mais jovem. A sobreposição Chaplin-Calvero aparece ainda no pôster na parede do quarto, no qual o personagem é nomeado como "Vagabundo Comediante", e na foto antiga do palhaço, de fato uma imagem de Chaplin nos anos 1920.

As duplicidades nesse caso servem como metáfora e permitem que o personagem se desnude progressivamente de uma antiga faceta para exibir a cara de um homem velho que recupera uma inesperada força vital ao salvar a jovem que tenta tirar a própria vida.

Não por acaso, numa das mais intensas e belas cenas do filme, vemos o veterano palhaço retirando a maquiagem numa espécie de strip-tease facial.

De Calvero a Terry, do teatro de variedades ao balé, do entretenimento popular do passado à arte erudita do presente, o filme se tece como uma sucessão de transfusões em que vida e criação se tornam uma

"Uma forma de evolução própria de todos os grandes criadores é a tendência à simplificação. Os primeiros filmes de Chaplin compunham-se de uma série de anedotas ligadas entre si pelo mesmo 'Carlitos' que as animava e também por uma trama geral que conduzia à conclusão dessa série de histórias.

Em 'Luzes da Ribalta' há uma única história que é apresentada no início, desenvolve-se no miolo e explode em uma conclusão quase irreal no fim. Todos os pontos estão postos desde o início e ganham contornos precisos aos poucos, ao longo da ação, como se saíssem de um nevoeiro. Cada um desses pontos liga-se a outro e não poderia existir sem esse outro. E tudo isso cresce, ocupa seu lugar na vida, o buquê final emerge naturalmente do crescimento de todos esses diferentes pontos.

Enquanto em 'Uma Hora da Madrugada' estamos diante de uma iluminura, em 'Luzes da Ribalta' estamos frente a um afresco."

(Jean Renoir, "Cahiers du Cinéma", dezembro de 1952)

Chaplin na cena de abertura do filme com seus filhos, Michael, Josephine e Geraldine

só, uma cadeia de transmissões que une artista e público. Por isso também, ao final, em vez de se transbordar em melodrama, a morte se transforma em vida no movimento encantador da bailarina.

Essa dinâmica foi testada e comprovada na primeira vez em que Chaplin exibiu "Luzes da Ribalta". O jornalista Sidney Skolsky, da "Variety", registrou com acuidade a reação do grupo seleto de personalidades presentes à sessão fechada:

"As luzes da sala de projeção se acenderam. A plateia toda se levantou, aplaudiu e gritou: 'Bravo!'; de Ronald Colman a David Selznick, do juiz Pecora a Sylvia Gable. Era como se toda Hollywood estivesse rendendo tributo a Charlie Chaplin...

"Então, o pequeno homem grisalho foi ao palco. Ele disse: 'Obrigado. Eu estava com muito medo. Vocês são as primeiras pessoas a verem o filme'. Uma

Calvero rememora um momento de triunfo nos palcos

mulher na plateia gritou: 'Não, não! Obrigada a você!'. E depois outros na plateia assumiram essas palavras e as gritaram para Chaplin... De algum modo acho que essa é a chave para 'Luzes da Ribalta'. Não importa se algumas pessoas acham que o filme é bom e outras o consideram excepcional. O grau não importa. Esse não é um filme comum feito por um homem comum. É um grande pedaço de emoção e de história do cinema, e eu acho que todos que são verdadeiramente interessados em cinema devem dizer 'Obrigado'".

(Cássio Starling Carlos)

Ficha Técnica

"Luzes da Ribalta" (Limelight)

Produção: Charles Chaplin

Direção: Charles Chaplin

Roteiro: Charles Chaplin

Fotografia: Karl Struss

Direção de Arte: Eugène Lourié

Música: Charles Chaplin

Montagem: Joe Inge

Intérpretes Principais:

- Charles Chaplin – Calvero
- Claire Bloom – Thereza
- Nigel Bruce – Postant, o empresário
- Buster Keaton – velho amigo de Calvero
- Sydney Chaplin – Neville
- Edna Purviance – Sra. Parker
- Leonard Mudie – Dr. Blake
- Norman Lloyd – Bodalink
- Geraldine Chaplin – garotinha na cena de abertura
- Josephine Chaplin – garotinha na cena de abertura
- Charles Chaplin Jr. – palhaço
- Michael Chaplin – criança na cena de abertura
- André Eglevsky – dançarino
- Melissa Hayden – dançarina
- Wheeler Dryden – médico de Thereza
- Barry Bernard – John Redfern
- Stapleton Kent – Claudio
- Mollie Glessing – empregada
- Loyal Underwood – músico de rua
- Julian Ludwig – músico de rua
- Cyril Delevanti – Griffin, o palhaço

Duração: 131 minutos, preto e branco

Estreia no Reino Unido: Outubro de 1952

Premiações:

- Oscar de Melhor Trilha Sonora Original
- Bafta[1] de Melhor Revelação Feminina para Claire Bloom
- Silver Ribbon[2] de Melhor Filme Estrangeiro
- Prêmio de Melhor Filme Estrangeiro do Círculo de Roteiristas da Espanha (CEC)
- Indicação ao Bafta de Melhor Filme
- Prêmio do National Board of Review[3] na categoria "Top Ten Films"

1. Prêmio da Academia Britânica de Cinema e Televisão.
2. Prêmio do Sindicato dos Jornalistas Críticos de Cinema na Itália.
3. Premiação do conselho norte-americano de crítica cinematográfica.

A NEW MASTERPIECE OF LAUGHTER AND TEARS
FROM THE MASTER OF COMEDY!
CHARLES CHAPLIN'S
LIMELIGHT
CHARLES
CHAPLIN
IN HIS HUMAN DRAMA
LIMELIGHT
ASTOR
NOW – WATCH THE
SMASHING RETURNS
EVERYWHERE... PACED
BY THE SENSATIONAL
2-THEATRE RUN
IN NEW YORK!
UNITED
ARTISTS
PRESSBOOK

Calvero prepara-se para entrar em cena e receber a última homenagem

“Francamente, não sei nada sobre o modo comunista de viver. Devo dizer isso, e devo dizer também que não vejo por que não podemos ficar em paz com a Rússia. O modo de viver deles – não estou interessado na ideologia deles, eu lhe asseguro. Eu lhe asseguro. Não sei se você acredita em mim ou não, mas não estou interessado. Estou interessado no ponto em que... Em que eles dizem que querem paz. E não sei por que não podemos ter paz aqui. Não vejo por que não podemos ter uma relação comercial e aperfeiçoar as questões etc., e evitar uma guerra mundial...

Eu sou progressista, e sou progressista no sentido de que não sou socialista, mas acredito na união apropriada das pessoas e acho que isso é bom. Acredito em todo tipo de coisa que alivie, que eleve o padrão de vida do povo americano, e isso é tudo.”

(1948)

"Tenho estado aqui por 35 anos e meu interesse primário é o meu trabalho, e ele nunca foi contra nada; talvez um comentário crítico, mas isso sempre pelo bem do país. Eu não gosto de revolução. Não gosto que nada seja subvertido. Se o status quo está certo, deixe estar. Quanto a eu ser liberal, apenas quero ver as coisas funcionando em harmonia. Quero ver todo mundo muito feliz e satisfeito."

(1948)

"Eu não acredito em nenhum dogmatismo... É o homem, o indivíduo que prezo acima de tudo, mais que tudo... Nos tempos modernos, quando tudo passou a ser arregimentado, mais que nunca o artista deve pensar na vida interior do indivíduo, nesse 'fenômeno único' que é a pessoa humana, o artista deve criar para o homem."

(1952)

"Vi [o comediante] Frank Tinney outra vez alguns anos depois e fiquei chocado, porque a musa da comédia o abandonara. Estava tão encanastrado que eu não podia sequer acreditar que estivesse diante do mesmo homem. Foi essa transformação que me deu, mais tarde, a ideia central do filme 'Luzes da Ribalta'. Gostaria de saber por que ele havia perdido seu espírito e sua segurança. Em 'Luzes da Ribalta', atribuí isso ao envelhecimento. Calvero ficava idoso e, ao envelhecer, se tornava introspectivo e adquiria o sentimento de dignidade pessoal, e isso alienava as simpatias da plateia."

(1964)

Chaplin no figurino de velho palhaço de "Luzes da Ribalta"

Paranoia anticomunista faz sua vítima mais célebre

As dificuldades pessoais não eram novidade para Chaplin, que já havia enfrentado a miséria e a fome na infância, complicados divórcios e um processo sob a alegação de paternidade que desgastou bastante sua imagem. No entanto, o período de realização e lançamento de "Luzes da Ribalta" ultrapassou essas experiências negativas com a intensificação da campanha anticomunista que culmina com o "exílio" do artista e toda a família a partir de 1952.

O pós-guerra marca um período de mudanças radicais na obra do ator-diretor e em sua relação com um público até então fiel. Com "Tempos Modernos" *(vol. 3 da Coleção Folha Charles Chaplin)* e "O Grande Ditador" *(vol. 1)*, os filmes de Chaplin assumem um teor crítico e um valor político que se tornaram incômodos para a parcela mais conservadora da sociedade norte-americana.

Cyril Delevanti, Charles Chaplin Jr. e Charles Chaplin no prólogo do balé de Thereza

A situação se complica ainda mais com "Monsieur Verdoux" *(vol. 12 da Coleção Folha Charles Chaplin)*, uma fábula ácida em que não é difícil identificar a metáfora dos métodos mortíferos do capitalismo. Além disso, nesse filme de 1947, Chaplin se despoja do personagem de Carlitos e de sua aparente ingenuidade e assume um tipo cínico e antipático. A resposta vem na forma do maior fiasco de bilheteria de sua carreira.

A proximidade com artistas de esquerda, como os refugiados alemães Bertolt Brecht e Hans Eisler, associada a posicionamentos públicos assumidos durante a guerra e ao conteúdo crítico dos filmes, fornecem material suficiente para a recém-instalada Comissão de Atividades Antiamericanas escolher Chaplin como alvo de investigação.

O fato de o artista nunca ter requerido a nacionalidade americana também é interpretado negativamente, a ponto de um deputado membro da comissão defender sua expulsão, num discurso no Congresso, nos seguintes termos:

"Hoje estou requerendo procedimentos para deportar Charlie Chaplin. Ele tem se recusado a se tornar cidadão americano. A vida dele em Hollywood é perniciosa ao tecido moral da América. Desse modo, ele pode ser mantido fora das telas americanas, e seus asquerosos filmes podem ser mantidos longe dos olhos da juventude americana. Ele deveria ser deportado e esquecido para sempre".

"Pois, com a variedade dramática e beleza pictórica alcançados por Chaplin neste filme – com a pungência das cenas íntimas, a hilaridade das explosões cômicas, a vitalidade e a graça dos balés –, a expressão essencial do 'pathos' da solidão e do passar do tempo está nos olhos. Está na beleza dos closes do velho palhaço, enquanto ele tira a maquiagem no camarim de um teatro onde sua apresentação foi um fracasso lamentável, ou enquanto se senta na escuridão para observar o primeiro triunfo de sua protegida, quando vêm à tona toda a dignidade, a angústia e a entrega de um artista veterano. Este, em última análise, é o principal elemento do filme – a valorização da coragem e da bravura de um homem que envelhece."

(Bosley Crowther, "The New York Times", 24 de outubro de 1952)

Chaplin tira a maquiagem na cena-símbolo de "Luzes da Ribalta"

Em meio à situação, Chaplin começa, em 1948, a escrever uma história originalmente intitulada "Footlight", em que constrói em detalhes os personagens do palhaço sem público e da bailarina sem movimentos nas pernas. O projeto é concebido como um balanço de sua trajetória artística, um filme com mais elementos pessoais que todos os anteriores, amplamente confessional, e no qual ele pretende se abster de enfatizar significados ideológicos ou políticos.

Calvero, o velho comediante interpretado por Chaplin

Apesar da prudência, em setembro de 1952, às vésperas do lançamento nos cinemas norte-americanos, Chaplin decide embarcar para a Europa numa turnê de divulgação de "Luzes da Ribalta". Rumo a Londres, ele recebe a notícia de que seu visto de entrada nos Estados Unidos fora revogado. A ruptura se torna, então, definitiva.

No início de 1953, a família se instala num recanto idílico na Suíça, de onde o cineasta e sua esposa, Oona, cuidarão de se desfazer das posses deixadas para trás, como o estúdio e todo o acervo de filmes e documentos.

Só duas décadas depois, Chaplin retorna brevemente aos Estados Unidos para receber homenagens e um Oscar honorário.

(Cássio Starling Carlos)

"O que há de novo e bom no filme é a atuação de Chaplin. Ele deixa de lado a caracterização paródica e introduz um maravilhoso jogo de aparências: usa os recursos da pantomima para imitar o andar bêbado, carregar uma garota inconsciente por dois lances estreitos de escada, tocar violino com a mão esquerda e simular os saltos de pulgas adestradas, uma pedra, um bonsai e passos descontrolados de dança. Desta vez, os poderosos traços pessoais de Chaplin não entram em conflito com seu personagem, já que, na melhor das hipóteses, ele faz uma espécie de versão neutra de si mesmo."

(Manny Farber, "The Nation",
25 de outubro de 1952)

Calvero toca com o bando
de músicos de rua

Buster Keaton como o veterano colega de Calvero

Buster Keaton

Único ator a disputar com Chaplin o posto de maior comediante do cinema, Buster Keaton (1895-1966) tinha uma série de similaridades com o criador do Vagabundo. Ambos nasceram em famílias ligadas ao mundo do espetáculo, começaram muito cedo nos palcos e conheceram a glória e logo depois a rejeição em Hollywood, para, em seguida, ressurgirem. Ainda assim, nunca houve animosidade entre os dois gênios.

Como "Luzes da Ribalta" é um filme nostálgico sobre artistas outrora famosos, nada mais esperado que Chaplin convidasse o outro grande ator do cinema mudo para estrelar a seu lado. É de Keaton a frase que melhor resume o incômodo dos velhos astros ao terem de provar que ainda são grandes artistas. Nos camarins, enquanto esperam para serem chamados ao palco, Keaton dispara: "Se alguém falar mais uma vez que é como nos velhos tempos, eu pulo da janela". Chaplin sorri.

Sorrir, aliás, é algo que Keaton fez pouco duran-

te sua carreira. Foi daí que veio sua alcunha, Stone Face (cara de pedra), o que reforça o mito do palhaço triste, faceta também explorada por Chaplin. Tendo começado a carreira em pequenos filmes mudos, ao lado de um parceiro de Chaplin, o gorducho Roscoe Arbuckle (1887-1933), Keaton alcança o sucesso em 1921 com "A General". É desse filme sua cena símbolo. Num momento de desolação amorosa, o ator, que vive um mecânico de trem com muita personalidade, senta-se, desolado, na peça de ferro que une as rodas. O veículo se põe em movimento, levando-o em uma balada nostálgica e poética.

Em 1928, Keaton assina contrato com a MGM, onde filma um clássico, "O Homem das Novidades", em que vive um câmera de cinema apaixonado pela atriz principal. No entanto, a pressão do estúdio tirava dele cada vez mais as decisões de direção e de construção de roteiros dos filmes nos quais atuava – antes, ele coassinava a direção e tinha o poder de escolher atores e técnicos. Deprimido, torna-se

alcoólatra, passa a década de 1930 fazendo quase que apenas curtas e chega a ser internado num asilo psiquiátrico. Só volta a brilhar sob os refletores em 1947, quando atua no Circo Medrano, em Paris. Depois da memorável participação em "Luzes da Ribalta", recebe um papel em forma de homenagem em "A Volta ao Mundo em 80 Dias" (1956), de Michael Anderson (1920-), como o condutor do trem. Em 1960, a Academia concede a Keaton um Oscar honorário pelo conjunto da obra.

(Pedro Maciel Guimarães)

Artes — Teatro — Cinema — Radio — Sociais

A CASA ONDE NASCEU ANCHIETA

Em crepe romain, corsage de gaze e renda guipure com aplicações de "vids". É um lindo vestido da ultima edição francesa de "MADAME".

Aniversarios

Nascimentos

Noivado

Casamentos

Homenagens

Festas e bailes

PRÓ-ARTE

FESTIVAL DE TEATRO DA SECEL

"LUZES DA RIBALTA"

"LUZES DA RIBALTA"

"Luzes da Ribalta"

Noé Gertel

Folha da Manhã, 21 de julho de 1953

Para que se compreenda todo o alcance sublime da mensagem contida nessa obra genial de Chaplin é preciso ouvir suas palavras, ditas há poucas semanas num centro experimental cinematográfico da Itália, à guisa de conselhos: "É muito importante que na procura da verdade nós não olhemos o mundo, porque o mundo de hoje é histérico; deveis, por isso, olhar para nós mesmos, ter fé em vós mesmos e então encontrareis a proximidade da verdade". Nunca fez outra coisa Chaplin, nem nunca fizeram outra coisa os verdadeiros artistas. Toda a existência desse homem que alçou, com "Luzes da Ribalta", um dos mais altos voos do espírito humano neste século tem sido uma luta constante pela busca da verdade através da exaltação daquilo que o homem tem de mais puro e mais

Charles Chaplin (Calvero) e Claire Bloom (Thereza) em "Luzes da Ribalta"

digno, de mais belo e mais precioso. É daí a essência que encontramos em toda a obra chapliniana: o combate a um mundo estúpido, egoísta e brutal, a sátira à prepotência, a acusação a todas as manifestações de intolerância e de obscurantismo que ensombrecem o seu tempo, o nosso tempo. Carlitos, o vagabundo, foi sempre o símbolo desse combate clamando, todavia, quase que pateticamente, pelo sentimento de humanitarismo desaparecido do coração dos homens. Até mesmo no cínico Monsieur Verdoux não se apagou essa luz de amor e piedade, que surge, com uma força expressiva jamais vista em cinema, com toda sua fulgurante beleza, na personagem de Calvero, o homem sem a máscara de Carlitos, o homem em toda a sua complexidade, o homem como o mais precioso valor sobre a Terra, o homem que dentro de si encontra a própria verdade das coisas, o homem que afirma sua existência, "no mundo histérico de hoje".

Foi, talvez, para dar maior força a esse tema – presente em todos os filmes de Chaplin – que o grande

artista e poeta matou Carlitos e criou Calvero, deixou o mito e fez nascer o humano. Em "Luzes da Ribalta" podemos aprender com mais calor emotivo a exaltação desse incontido apego dos seres à vida, desse inesgotável otimismo do indivíduo. Tão grande esse otimismo, que o leva ao mais puro desprendimento: criar e amparar um outro ser, fazê-lo vicejar para a vida e para a arte, para depois entregá-lo a outro.

Parece-nos residir aí toda a essência dessa obra-prima de nossos tempos. E aí está, também, a razão por que o pranto brota do coração do público que se defronta com "Luzes da Ribalta", em todos os seus instantes. E essa essência nós encontramos nos longos discursos de Calvero – longos porque nunca, como agora, o artista teve tantas coisas a dizer – a falar sobre a vida e a morte, a juventude e o amor, a arte e

Calvero no momento em que rememora seu passado

a beleza, a beleza que, apesar de tudo, ainda existe, ainda frutifica porque é a própria vida. Por isso Calvero é um velho que tem consciência dos direitos da juventude, por isso dá o seu mais puro afeto ao ser que lhe quebrou a solidão.

"Luzes da Ribalta", saudado em todo o mundo como a obra genial do mais genial de todos os artistas, é um filme que não pode deixar de ser visto, recomendado e revisto tantas vezes. É o que o cinema, a maravilhosa arte de nosso século, realizou de mais belo e mais grandioso. Na sua linguagem pura, fluente, Chaplin desperta todas as nossas fibras e emoções. Controla o afeto de quem assiste ao filme e de tal maneira, que o riso e o pranto não se manifestam isolados um do outro. Confundem-se, tornam-se uma só emoção, uma só manifestação de sentimentos. Qualquer cena, qualquer gesto, qualquer sequência, qualquer palavra, qualquer das maravilhosas melodias, nesse filme, é a própria arte. O que se pode dizer do filme, por outro lado, como cinema é que aqui a

Claire Bloom, Wheeler Dryden e Chaplin em cena do filme

sétima arte alcança seu mais alto nível, porque usa a mesma linguagem cinematográfica simples de toda a obra de Chaplin: aquela direta, imediata, sem formalismo e sem retórica. E, no entanto, como são admiráveis as cenas!

Admirável a cena em que Calvero recebe esmolas, na fase de sua decadência. Admirável o momento em que, depois de dar uma bofetada em Terry, ajoelha-se para uma prece "a quem quer que seja", traduzindo toda a sublime reserva de seus sentimentos. Admirável o instante em que, do alto, a "câmera" devassa os bastidores de um teatro, na mudança dos cenários. Admiráveis os dois sonhos de Calvero. Todo o filme vem repleto de momentos que jamais se viu em cinema, em todos os sentidos.

Como não podia deixar de ser, a interpretação ocupa, em "Luzes da Ribalta", um lugar de honra. Chaplin reafirma sua posição de maior ator de nossos tempos, vivendo ora a figura de Calvero ora a do palhaço, alternando-se e fundindo-se. Claire Bloom,

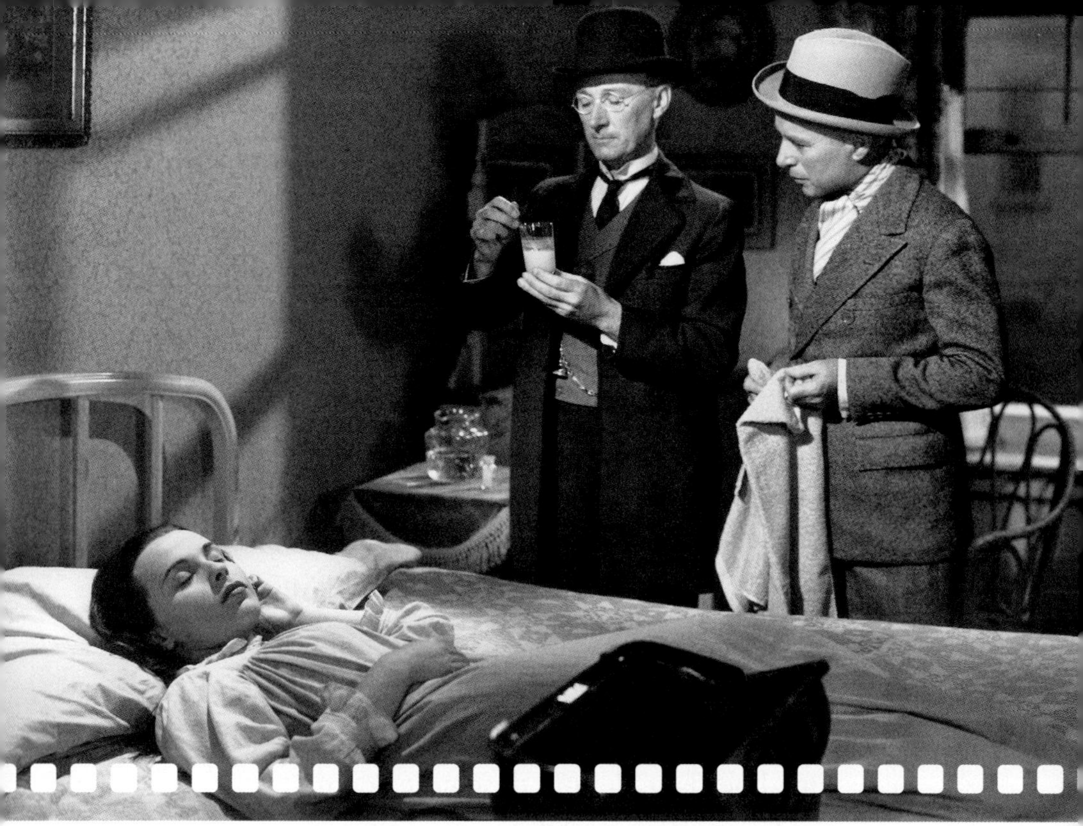

como nenhuma outra artista lançada por Chaplin, é também grandiosa, representando quase exclusivamente com seus olhos reluzentes em cujos brilho e movimento há mais eloquência do que nas palavras ou nos gestos.

É o mais belo e o mais puro de todos os filmes, esse "Luzes da Ribalta".

"Todo mundo tratou 'Luzes da Ribalta' como se fosse uma emocionante festa de despedida, as lágrimas de um gigante sobre seu fim. Acreditamos amar esse filme porque era o derradeiro. Erro total! Chaplin sobreviveu a esse adeus e ainda fez dois filmes (que ninguém esperava). O último, 'A Condessa de Hong Kong', e o penúltimo (e na minha opinião o mais belo), 'Um Rei em Nova York'. Nestes, não há despedidas nem comoção, mas uma liberdade de tom desconhecida no cinema. Como [Jacques] Tati, que acaba de morrer, Chaplin não olhava para trás. 'Luzes da Ribalta' trata, de fato, de despedidas, já que depois ele foi fazer outra coisa."

(Serge Daney, "Libération", 11 de novembro de 1982)

Chaplin no papel do comediante de "music hall"

Chaplin em figurino que
evoca o do Vagabundo

“Aqueles que o acompanharam ao longo dos anos não conseguem considerá-lo um personagem perigoso. Nenhuma situação política ou ameaça internacional pode anular o fato de que se trata de um grande artista que proporcionou alegrias infinitas a milhões de pessoas, não apenas em um país, mas em todos. A menos que se encontrem outras provas que ainda não conhecemos contra ele, o Departamento de Estado não conquistará maior estima, nem reforçará a segurança nacional exilando-o.”

(*Editorial do jornal “The New York Times”*)

"'Luzes da Ribalta' era um trabalho mais interessante que 'O Grande Ditador' do ponto de vista fotográfico. Eu queria utilizar duas câmeras para cada tomada, tal como havia feito em 'O Grande Ditador', mas Chaplin não me deixou fazê-lo de novo. Eu pensei que isso o ajudaria, proporcionaria material diverso para a montagem, porque ele não tinha nem ideia a respeito da direção de câmera. Seus filmes eram absolutamente teatrais. Trabalhar com ele no fundo era muito rotineiro; bastava instalar a câmera, pô-la para funcionar e deixar que ele e os outros intérpretes atuassem diante dela."

(Karl Struss, diretor de fotografia)

Cena do balé em que Thereza triunfa nos palcos

"O que mais gosto nos filmes de Charles Chaplin e de Buster Keaton é que tudo ali é artificial, da maquiagem à repetição de gestos. Em 'Luzes da Ribalta', Chaplin fez 200 tomadas da sequência com as pulgas. O único modo de ser totalmente livre no teatro é se tornar mecânico."

(Bob Wilson, dramaturgo)

"A lenda quer que os palhaços, fora do picadeiro onde desencadeiam a alegria, encontrem sua tristeza e amargura no camarim. Sinto pena dessa bela imagem romântica, mas devo dizer que Charlie é, em particular, o mais alegre dos companheiros e o mais delicado. De fato, é durante o trabalho que se torna menos divertido. Calmo, frio, lúcido, atento, ele prolonga seu amor pela perfeição aos mínimos detalhes de um colecionador que posiciona as asas da borboleta."

(Buster Keaton, ator e diretor)

"Chaplin era o diretor mais severo, não por esperar que você produzisse maravilhas por si mesmo, mas porque esperava que você seguisse cada instrução sem contestar. Eu fiquei surpresa, pois tudo o que ele mandava parecia muito antiquado – efeitos teatrais que eu não conseguia associar ao cinema moderno. (...) Gradualmente, conquistei confiança imitando Chaplin, e quando fomos para a filmagem de verdade eu estava me divertindo tanto quanto um macaquinho de zoológico posto à prova por um instrutor meticuloso, esperto e divertido."

(Claire Bloom, atriz)

Claire Bloom como Terry, par de Chaplin no filme

Jovem atriz inglesa conquistou o papel

"Procura-se: garota jovem para ser a atriz principal de um comediante geralmente reconhecido como 'o melhor do mundo'." Com esse anúncio no qual se reconhece seu típico humor, Chaplin começou a busca pela intérprete do papel de Terry. Entre as exigências do cineasta, a escolhida deveria ser "bela, talentosa e ter um grande leque emocional", além de ser muito jovem e, de preferência, inglesa. Depois de testar sem sucesso uma legião de pretendentes, entre as quais estava a futura estrela Anne Bancroft, Chaplin recebeu a indicação de Claire Bloom do dramaturgo Arthur Laurents, que a havia descoberto no teatro. Depois de ver fotos dela, Chaplin a convocou para testes de imagens em Nova York. Mas, indeciso, ainda esperou três meses para lhe enviar um telegrama finalmente confirmando-a no papel.

Uma das cenas mais cômicas do show de Calvero é a de Phyllis e Henry, as pulgas performáticas. Como em um número de leões amestrados, o palhaço instala seu tablado em miniatura e começa a dialogar com suas pupilas. Elas pulam de um braço do artista para o outro, dão piruetas e saltos mortais. Por vezes, elas erram e entram direto no olho de Calvero. "Quer que eu a esmague?", irrita-se ele. Uma das pulguinhas, Phyllis, chega a se perder dentro da roupa do domador, o que o deixa louco. Quando a encontra, ele se dá conta de que não é Phyllis, o que arranca gargalhadas

da plateia. O inusitado da cena, para além do fato dos minúsculos animais serem malabaristas tão exímios, está no fato de que, obviamente, as pequenas criaturas não existem. Apenas o movimento da cabeça do personagem denota o percurso dos bichinhos, o que reforça a gag. Os animais são constantemente protagonistas de boas cenas na obra de Chaplin, principalmente quando se comportam como seres humanos, a exemplo do cãozinho de "Vida de Cachorro" *(vol. 6 da Coleção Folha Charles Chaplin)*.

Buster Keaton e Chaplin
como músicos burlescos

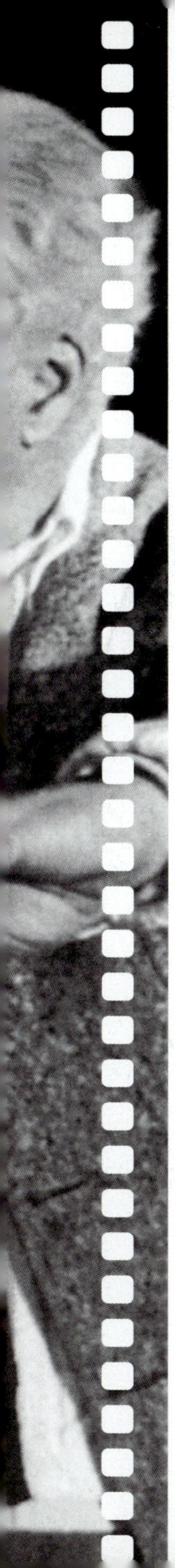

Chaplin e a música

Julio Medaglia

Quando a Renascença italiana definiu os códigos de beleza da cultura ocidental, seus criadores eram "multiartistas". Da Vinci, por exemplo, era pintor, escultor, arquiteto, poeta e músico, entre outros talentos. Com a evolução técnica dos recursos de criação, seus cultores foram se especializando em atividades específicas. O século 20, porém, nos revelou um criador de beleza, um humanista, que lembra a versatilidade dos artistas da Renascença. Iniciando sua carreira a fazer gracinhas diante de uma primitiva máquina movida à manivela que registrava luzes e sombras, transformou-se num cineasta autor, produtor, diretor, roteirista, coreógrafo, mímico, ator, dançarino, humorista e, com a chegada do cinema sonoro a partir de 1927, também compositor. Mais que tudo, tornou-se um símbolo de sua era tanto quanto um Einstein ou Stravinsky: Charles Spencer Chaplin, o nosso Carlitos.

Poucos sabem que a música foi sua primeira "paixão" e fonte de rendas. Seus pais eram cantores e atores de "music-hall" em Londres. Como seu pai morreu quando ele era criança e a mãe abandonara a carreira por problemas emocionais, Chaplin e o irmão formaram uma dupla de comediantes para ganhar a vida. Nela, a presença da música era constante. Chaplin tocava violino, aliás, com as cordas invertidas, pois era canhoto – segurava o instrumento com a mão direita e o arco com a esquerda. Isso se pode constatar claramente na hilariante cena do filme "Luzes da Ribalta", quando ele contracena com Buster Keaton, seu rival do passado, ao piano.

Depois de fazer enorme sucesso nos Estados Unidos com seus filmes mudos em preto e branco, Chaplin foi aos poucos se "convertendo" ao cinema sonoro. Em 1936, quando filmou "Tempos Modernos" *[vol. 3 da Coleção Folha Charles Chaplin]*, fez as primeiras experiências com som, fala e canção, sincronizados em diversos momentos. E aí já revelou seu talento fora do comum como compositor de melodias, pois em plena era dos Cole Porter, Berlin, Kern ou Gershwin, ele emplacaria um sucesso como "Smile", canção que nada deixava a dever aos grandes cancionistas da época, cantada pelos mais famosos intérpretes.

Mas já em "Luzes da Cidade" *[vol. 5]*, de 1931, ele brincava com o som como elemento de sonoplastia. É desse filme a antológica cena da luta de boxe com provocações musicais. E no primeiro filme completamente "falado", "O Grande Ditador" *[vol. 1]*, sátira de Hi-

Calvero ganha a vida como músico de rua

tler e do nazismo, faz uso da música como elemento de humor ainda mais elaborado e "dramatúrgico". Destaque-se aqui a cena da barbearia, onde uma dança húngara de Brahms coreografa os movimentos do dono do salão ao barbear o freguês.

Sua veia melódica excepcional revela-se mais uma vez em "Luzes da Ribalta", filme de 1951. O tema principal do filme tornou-se um hit internacional, foi traduzido para várias línguas – inclusive para o português por Braguinha, que já havia traduzido "Smile" – e lhe rendeu um Oscar. Aqui ele elabora ainda mais as ideias musicais em função da própria história, a de uma bailarina que tenta o suicídio e é salva pelo cômico Calvero (Chaplin). As cenas de dança são baseadas em composições do próprio Chaplin que, com a ajuda de arranjadores, desenvolveu uma trilha sonora de balé com o discurso musical simulado com base nos clássicos da dança romântica como Delibes ("Coppelia" e "Silvia"), Minkus ("La Bayadère") ou Adam ("Giselle"). Chaplin passava as informações aos arranjadores, que reproduziam suas ideias nas partituras. Na gravação, conta-se que o próprio Chaplin regeu a orquestra.

Em sua última produção/direção, "A Condessa de Hong Kong" *[vol. 20 da Coleção Folha Charles Chaplin]*, de 1966, Chaplin, além de compor a trilha sonora, conseguiu criar uma canção que seria igualmente sucesso internacional, gravada por Petula Clark e Frank Sinatra, entre outros: "(Love,) This Is My Song".

Nos últimos anos de sua vida, Chaplin dedicou-se a uma curiosa atividade: a de musicar seus filmes mudos. Tem-se quase a impressão de que seus filmetes, repletos de micagens, cenas hilariantes, situações sentimentais, eram baseados em raciocínios musicais. Era como se a música tivesse sugerido as ações e que, ao restaurá-los, ele tivesse a necessidade de mostrar as origens sonoras. Uma espécie de volta ao útero materno, que era de fato profundamente musical – como todas as suas composições.

Os Autores

CÁSSIO STARLING CARLOS é crítico, professor, pesquisador, curador e programador de festivais, autor de "Em Tempo Real" (Ed. Alameda, 2006), consultor editorial da "Coleção Folha Clássicos do Cinema" e editor da "Coleção Folha Cine Europeu".

JÚLIO MEDAGLIA, regente sinfônico formado pela Escola Superior de Música da Universidade de Freiburg (Alemanha), foi diretor dos Teatros Municipais do Rio de Janeiro e de São Paulo, do Centro Cultural São Paulo e da Universidade Livre de Música. É autor do arranjo original da música "Tropicália", que deu origem ao movimento.

PEDRO MACIEL GUIMARÃES é crítico, professor, pesquisador, curador e programador de festivais, doutor em Cinema pela Sorbonne Nouvelle – Paris 3, autor de "Créer Ensemble – La Poétique de la Collaboration dans le Cinéma de Manoel de Oliveira" (Editions Universitaires Européennes, 2010) e autor de textos da "Coleção Folha Cine Europeu".

COLEÇÃO **FOLHA**

CHARLES CHAPLIN

1 O Grande Ditador
2 "Dia de Pagamento" e outros 4 curtas
3 Tempos Modernos
4 O Garoto
5 Luzes da Cidade
6 Festival Carlitos
7 O Circo
8 Em Busca do Ouro
9 "Na Farra" e outros 12 curtas
10 Luzes da Ribalta
11 "O Casamento de Carlitos" e outros 6 curtas
12 Monsieur Verdoux
13 "Campeão de Boxe" e outros 6 curtas
14 Um Rei em Nova York
15 "Os Amores de Carmen" e outros 6 curtas
16 Casamento ou Luxo
17 "O Vagabundo" e outros 6 curtas
18 "O Imigrante" e outros 6 curtas
19 "Corridas de Automóveis para Meninos" e outros 13 curtas
20 A Condessa de Hong Kong